Histórias de Antigamente

PATRICIA AUERBACH

Copyright do texto e das ilustrações © 2016 by Patricia Auerbach

Grafia atualizada segundo o Acordo Ortográfico da Língua Portuguesa de 1990, que entrou em vigor no Brasil em 2009.

Revisão
LUCIANA BARALDI
ARLETE SOUSA

Projeto gráfico/ Lettering
VANESSA KINOSHITA

Tratamento de imagem
M GALLEGO • STUDIO DE ARTES GRÁFICAS

Dados Internacionais de Catalogação na Publicação (CIP)
(Câmara Brasileira do Livro, SP, Brasil)

    Auerbach, Patricia
        Histórias de antigamente / Patricia Auerbach; ilustrações da autora — 1ª ed. — São Paulo: Companhia das Letrinhas, 2016.

        ISBN 978-85-7406-686-8

        1. Contos — Literatura infantojuvenil.
    I. Título.

15-06009   CDD-028.5

Índices para catálogo sistemático:
1. Contos: Literatura infantil 028.5
2. Contos: Literatura infantojuvenil 028.5

11ª reimpressão

Todos os direitos desta edição reservados à
EDITORA SCHWARCZ S.A.
Rua Bandeira Paulista, 702, cj. 32
04532-002 — São Paulo — SP — Brasil
☎ (11) 3707-3500
www.companhiadasletrinhas.com.br
www.blogdaletrinhas.com.br
/companhiadasletrinhas
@companhiadasletrinhas
/CanalLetrinhaZ

APRESENTAÇÃO, 7

SORVETE DE GELO, 8
A GELADEIRA ANTES DE ANTIGAMENTE, 20

OS PENICOS DA ESCOLA, 22
O BANHEIRO ANTES DE ANTIGAMENTE, 32

O CHEVETTE E A CHARRETE, 34
O CARRO ANTES DE ANTIGAMENTE, 46

— ALÔ, TELEFONISTA?, 48
O TELEFONE ANTES DE ANTIGAMENTE, 60

NÃO TOQUE NA TV!, 62
A TELEVISÃO ANTES DE ANTIGAMENTE, 74

Posfácio, 76

Sobre a autora e ilustradora, 78

APRESENTAÇÃO

Eu sempre adorei ouvir histórias. Desde pequena gostava de sentar ao lado dos adultos e pedir para eles me contarem "histórias de antigamente". Eram causos de infância, histórias do tempo em que não existia carro nem geladeira, muito menos computador. Isso fez com que a minha vida fosse recheada de aventuras incríveis, vividas por personagens que faziam parte da minha própria história.

E quanto mais eu ouvia essas lembranças, mais me sentia próxima daquelas pessoas. É verdade, porque às vezes olhamos para o nosso avô ou pai e achamos que eles sempre foram do jeito que são: corajosos, de voz grossa e roupa de gente grande. É muito fácil esquecer que eles também foram crianças um dia, já tiveram medo do escuro e hora certa para dormir.

Só que o tempo passou, eu cresci e, quando percebi, também estava contando histórias de antigamente para os meus filhos. Além das lembranças que ouvi dos meus avós e bisavós, conto também as histórias de quando eu era criança. E esses são momentos tão especiais que resolvi contar para mais gente e acabei escrevendo este livro!

Por isso, antes de começar as "histórias de antigamente" eu quero agradecer aos meus avós e tios-avós, aos meus pais e principalmente ao meu bisavô Celso, a pessoa mais cheia de histórias que conheci. Um senhorzinho de cabeça branca que, sentado em sua cadeira no terraço, me falou de uma época em que as pessoas tinham mais tempo para ouvir umas às outras.

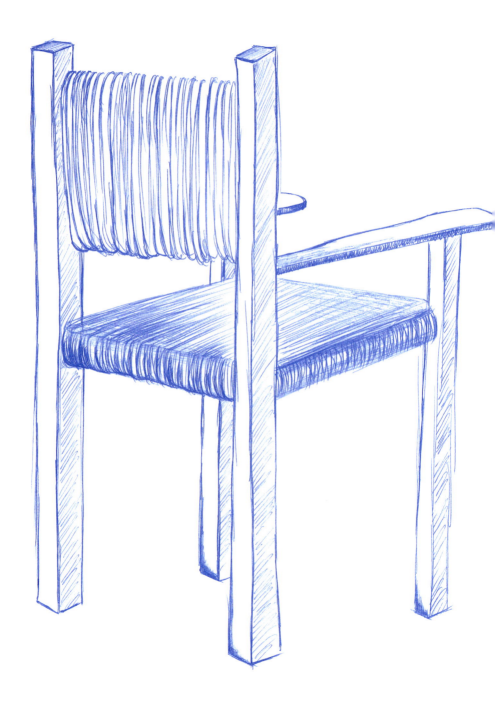

Férias para mim sempre

foram sinônimo de casa de vó. E casa de vó, como todo mundo sabe, quer dizer dormir mais tarde, comer bolinho de chuva e brincar o dia inteiro. Mas a casa da minha avó era um lugar ainda mais divertido, porque ficava na praia, de frente pro mar. Era um mar tranquilo, de água transparente. Da areia dava pra ver uma ilha, que eu imaginava ser o esconderijo de um pirata malvado ou de um príncipe encantado, dependia do meu humor.

Um dos lugares mais especiais daquela casa era a mesa em que a família se juntava pra fazer as refeições. Era uma mesa enorme, de madeira escura e com cadeiras tão pesadas que nem mesmo os adultos conseguiam levantar. Mas era ali que a gente conversava e foi ali que eu ouvi pela primeira vez o meu avô contar uma das histórias mais divertidas da infância dele.

Ele é um desses contadores de histórias que falam pausado, com muita calma, pra deixar tudo bem explicadinho. O que eu acho mais engraçado é que a minha avó (que é muito agitada e fala bem depressa) às vezes fica impaciente com o ritmo do vovô e se mete no meio da história pra contar rapidinho o que ele levaria um tempão pra falar. Quando isso acontece, ele resmunga um pouquinho, mas dá pra ver pelo olhar que ele até acha divertido o jeito dela de se meter na história e acelerar o final.

Em uma noite de verão, a família estava em volta da mesa e alguém comentou que a geladeira tinha quebrado. As

portas abertas da casa traziam o ventinho e o barulho do mar. Naquela hora, meu avô fez um comentário típico de gente que já viveu bastante:

— Não reclama que até pouco tempo a gente nem tinha geladeira!

Eu fiquei muito espantada com o que ele disse e perguntei:
— Como assim, vô?
— É verdade, minha querida — ele respondeu. — Quando eu tinha a sua idade, ninguém tinha geladeira em casa.
— Nossa, vô! E como vocês faziam pra conservar a comida?

Em vez de responder a minha pergunta ele deu um sorriso, daqueles que a gente dá quando pensa numa coisa bem gostosa, e só depois começou a falar. Ele contou que lá pelos seus nove ou dez anos, num final de semana muito quente, estava jogando bola na rua com os irmãos, quando a sua mãe apareceu na porta da casa e gritou:

— Meninos, vocês querem sorvete?

É claro que todos disseram que sim. Mas como naquela época ninguém tinha geladeira, muito menos congelador, só dava pra comer sorvete se alguém fosse até a cidade comprar gelo para misturar com suco de fruta. Era isso que eles chamavam de sorvete.

É claro que o escolhido para buscar o gelo naquele dia foi o vovô. E, antes que a mãe dele mudasse de ideia, ele foi até os fundos da casa, pegou sua bicicleta e pedalou rumo ao mercadinho da cidade o mais rápido que pôde. Ele estava com a boca seca, mas comprar uma bebida significaria comprar menos gelo para o sorvete, então deixou a sede de lado e entregou o dinheiro contadinho para o seu João, que deu pra ele um saco cheio de gelo. "Quanto sorvete!", ele pensou.

Carregar aquele peso todo não era nada fácil, ainda mais em cima da bicicleta. Ele tinha medo de que o saco caísse e estourasse, esparramando todo o sonho de sorvete no chão.

Então segurou bem firme e pedalou como um foguete — afinal, com o calor do dia o gelo derreteria todinho se ele não chegasse rápido em casa.

Logo que o viram, as outras crianças pararam de brincar e comemoraram sua chegada. O vovô contou que naquela hora se sentiu como um herói vitorioso chegando da guerra: suado, exausto e com uma deliciosa sensação de missão cumprida.

Entregou o pacote de gelo à mãe, que foi logo para a cozinha preparar o sorvete. Quando ficou pronto, ela começou a distribuir porções suculentas em pequenos potinhos coloridos de cerâmica. Cada vez que ela se aproximava, ele estufava o peito, certo de que aquela seria a sua vez de ganhar uma deliciosa recompensa por todo o seu esforço. Mas ela parecia querer deixar o vovô por último.

"O meu pote será o maior!", ele imaginou. Afinal, nada mais justo pra alguém que tinha se empenhado tanto pra conseguir o sorvete. Só que as viagens à cozinha terminaram e a mãe dele se sentou no sofá. Sem entender o que estava acontecendo, vovô foi até ela e perguntou:

— Mãe, e o meu sorvete?

E sabe o que ela disse?

— Meu filho, você está muito suado e com o corpo quente demais. Sorvete agora não vai te fazer bem.

E assim, apesar de todo o trabalho, o vovô ficou sem sorvete naquele dia. Coisa de antigamente!

Quando ele terminou de contar a história eu não estava acreditando no que tinha acontecido. Aí ele disse uma coisa que eu nunca mais esqueci:

— Fiquei sem sorvete, mas ganhei uma bela história pra contar para os meus netos queridos!

Bem nessa hora, quando a história do sorvete de gelo tinha acabado, minha avó entrou pela sala com um pote de sorvete de verdade já começando a amolecer e disse sorrindo:

— Vamos lá, pessoal! Sorvete pra todo mundo! A geladeira quebrou e se não comermos hoje vai estragar!

E com aquelas lembranças gostosas, comemos felizes o pote inteiro de sorvete derretido que a vovó nos serviu.

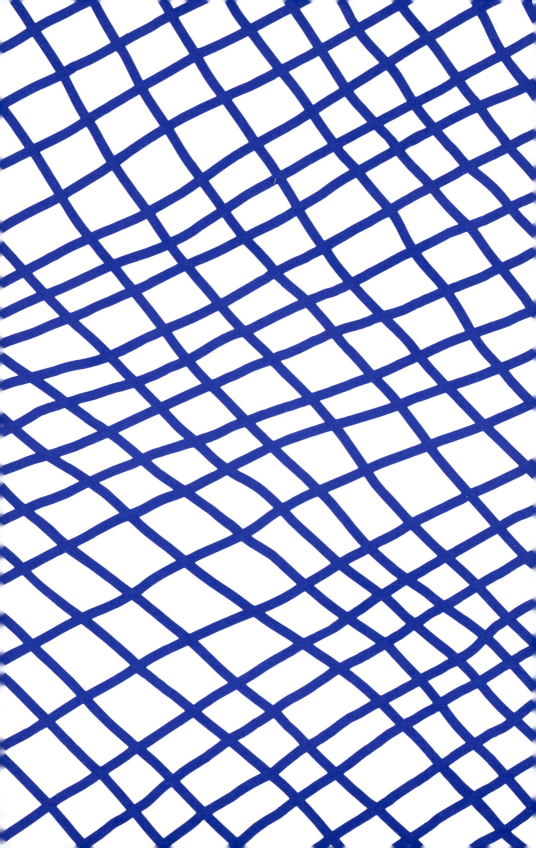

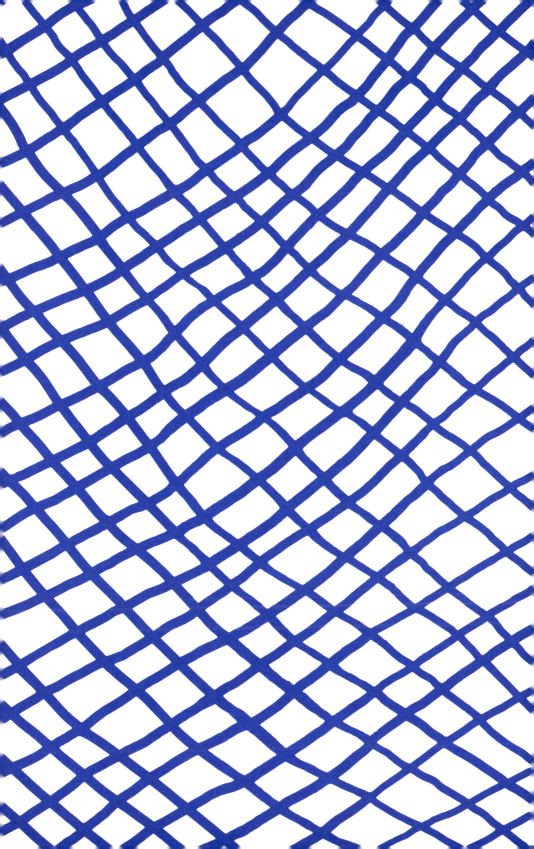

A GELADEIRA ANTES DE ANTIGAMENTE

A fábula "A cigarra e a formiga" escrita por Esopo no século VI a.C. fala sobre o encontro entre uma cigarra que só queria saber de dançar e cantar pela floresta e uma formiga que passava o verão trabalhando e armazenando alimentos pra ter o que comer no inverno.

Essa formiga é uma personagem fictícia, mas poderia ser a descrição da vida dos homens na Pré-História. Naquela época, alimentar-se durante os meses de inverno era muito difícil. Em regiões muito frias, a vegetação ficava coberta por neve e caçar tornava-se ainda mais complicado, sobretudo porque não existiam revólveres, espingardas nem facões.

A conservação dos alimentos era muito precária, por isso carnes, peixes, frutas e legumes precisavam ser consumidos rapidamente. Na verdade, na Pré-História, nem a roda, que facilitaria tanto o transporte dos alimentos, tinha sido inventada ainda. Quem saía pra caçar precisava voltar pra casa carregando nas costas sua conquista, o que podia levar dias, dependendo do peso do animal abatido e da distância em que ele havia sido encontrado.

Uma das primeiras formas de aumentar o prazo de validade dos alimentos foi o sal. Na Idade Média já era muito comum cobrir peixes com uma camada grossa de sal para possibilitar o transporte e o consumo desse tipo de alimento em lugares afastados do litoral. Só que naquela época a extração do sal, além de ser um processo difícil, só podia ser feita em regiões costeiras. Como todo mundo precisava de sal para a alimentação, ele era vendido a preços altíssimos, chegando, inclusive, a valer como moeda. Vem daí a palavra "salário" que usamos até hoje para nos referir ao pagamento por serviços prestados.

    Durante períodos de guerra, os soldados viajavam para lugares distantes onde o acesso à comida era dificílimo, por isso a conservação dos alimentos era muito importante. No século XVIII Napoleão Bonaparte decidiu oferecer um prêmio a quem inventasse uma forma de conservar os alimentos enquanto fossem transportados até os exércitos franceses que estavam distantes. O plano deu certo e o prêmio foi dado a um confeiteiro chamado Nicolas Appert, que descobriu uma forma de conservar os alimentos dentro de potes de vidro bem vedados que impediam a passagem do ar. A invenção deu origem a embalagens mais resistentes feitas de ferro estanhado, e em 1830 chegaram às lojas os primeiros alimentos enlatados!

    Alguns anos se passaram e pouca coisa foi feita para estender a validade dos produtos perecíveis. Mas, em 1838, o médico americano John Gorrie, pensando em dar mais conforto a seus pacientes internados, pendurou sacos com gelo nas salas de um hospital para refrescar o ambiente. Como conseguir gelo naquela época era muito complicado, Gorrie apelou para seus conhecimentos de química e física e criou uma máquina a vapor que utilizava as propriedades térmicas da água e do sal para produzir gelo. Dessa forma, mesmo sem saber a importância do seu invento, o médico acabou criando de uma só vez o ar-condicionado e a geladeira.

    O funcionamento da geladeira que conhecemos hoje é muito parecido com aquela inventada por John Gorrie no século XIX, a diferença é que, com o advento da eletricidade, as geladeiras abandonaram o motor a vapor como das primeiras versões.

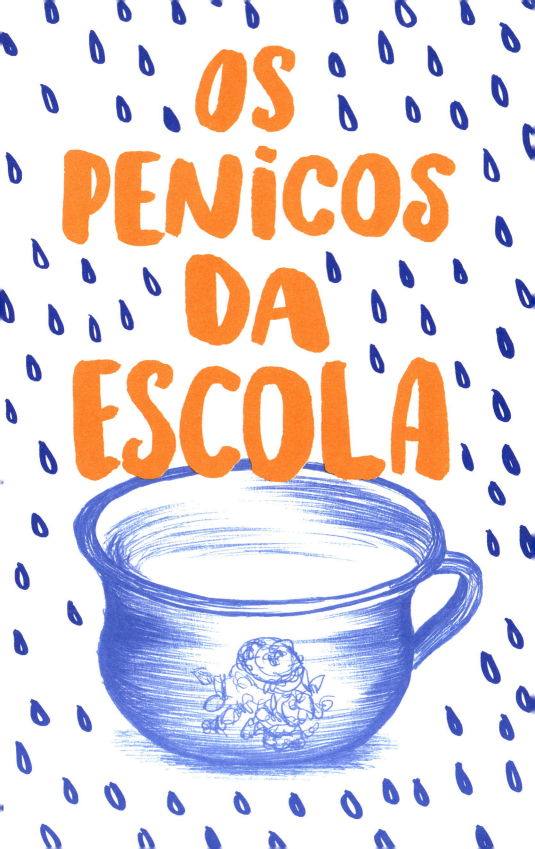

Banheiro antigamente

era artigo de luxo. As casas, mesmo as bem grandes e com muitos quartos, tinham um ou dois banheiros no máximo, que ficavam sempre no fim do corredor. Além de os itens de banheiro serem caros, dizem que não funcionavam muito bem. Contam os meus avós que a privada vivia entupindo e muitas vezes era preciso jogar água com um balde que já ficava ao lado do vaso sanitário pra socorrer quem tivesse problemas.

O chuveiro também não era como hoje. Na verdade, antigamente nem tinha chuveiro, muito menos água quente e encanada. As pessoas tinham que esquentar a água em panelas no fogão à lenha e misturar o conteúdo quase fervente com a água fria que já estava na banheira. Se o banho fosse demorado demais e a água esfriasse no meio do caminho, era preciso esquentar mais água, ou seja, sair da banheira, ir até a cozinha, esperar a água esquentar e depois carregar aquela panela pelando de volta pro banheiro. Por causa disso eu desconfio que o banho naquela época devia ser bem rapidinho.

Aliás, eu sempre suspeitei que antigamente as pessoas eram meio fedidinhas. Pense comigo: eles andavam a cavalo o dia todo porque não existia carro, transpiravam muito porque não existia ar-condicionado e ainda por cima não podiam usar shorts. As mulheres usavam vestidos com anáguas e espartilhos por baixo, e os homens se vestiam com calça, camisa, colete e um chapelão na cabeça. Dá calor só de pensar! Agora imagine toda a sujeira do corpo boiando

numa banheira sem água corrente. Como diz um amigo meu: quando a gente está muito sujo, banheira só serve pra redistribuir a sujeira, que sai de alguma parte do nosso corpo e fica boiando até encontrar outro lugar pra se fixar.

Mas essa conversa toda me fez lembrar de uma história engraçada que ouvi da minha avó há muito tempo. Quando ela era criança, passou uma temporada morando num colégio interno. Ia pra casa só a cada quinze dias pra passar o fim de semana. Depois voltava pra mais uma quinzena de aula. Pois bem, nesse tal colégio — que era só de meninas — quem cuidava da criançada eram as freiras.

A vovó conta que todo mundo dormia num quarto gigante com um monte de camas idênticas uma ao lado da outra. Cada uma das meninas era responsável por arrumar a sua cama, e não podia ficar nem uma dobrinha no lençol, senão a madre colocava todo mundo de castigo! O problema é que, num lugar com tanta gente, numa época com tão poucos banheiros, se todo mundo resolvesse levantar pra fazer xixi no meio da noite ia ser um entra e sai danado e ninguém conseguiria dormir.

A solução foi dar um penico pra cada menina e pedir pra guardarem embaixo da cama; assim, quem acordasse à noite e precisasse ir ao banheiro, poderia usar o penico e voltar rapidinho pra cama sem atrapalhar as outras pessoas. Isso comprova a minha teoria de que antigamente as pessoas eram sujinhas (reparou que tinha penico, mas que não dava pra lavar a mão?).

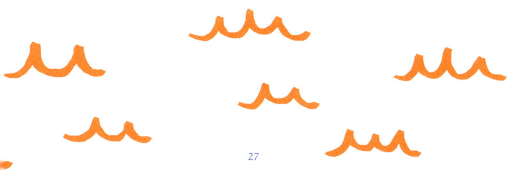

Seguindo com a história, a primeira cama do quarto era a da madre superiora, que preferia ficar ao lado da porta, pra não deixar ninguém sair. Pelo que sei, as meninas não gostavam muito dela porque era muito brava e brigava por qualquer coisinha. Um dia alguém reparou que a tal madre usava seu peniquinho todas as noites, então as alunas tiveram uma ideia genial.

Sem ela perceber, amarraram os penicos de todas as meninas um no outro com um barbante bem fininho, e pra finalizar prenderam também o penico da madre. As meninas mal conseguiram dormir só esperando a hora em que a madre ia acordar pra fazer suas necessidades. Quando ela enfim despertou foi a maior bagunça. A coitada levantou ainda sonolenta e puxou seu penico que estava debaixo da cama. Com isso arrastou todos os outros penicos amarrados, fazendo o maior barulhão. Até quem não sabia do plano acordou pra entender o que estava acontecendo e todas viram escorrer pelo chão do quarto o conteúdo dos penicos cheios, o que deixou a madre vermelha de tanta raiva.

É claro que as meninas tiveram que limpar a bagunça, mas a história dos penicos amarrados valeu todo o trabalho. Coisa de antigamente!

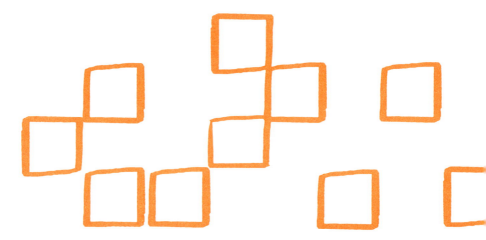

O Banheiro antes de antigamente

O primeiro vaso sanitário de que se tem notícia é o matinho, ainda muito utilizado em tribos indígenas, nas cidades onde não existe tratamento de água e esgoto ou em situações de emergência quando não dá tempo de chegar até o banheiro convencional.

Assim como o vaso sanitário, as primeiras banheiras do mundo também ficavam ao ar livre. As pessoas se banhavam em rios, riachos e lagos, os mesmos lugares onde lavavam roupas e buscavam água pra beber e preparar seus alimentos.

Mas a preocupação com a higiene e a limpeza do corpo não são costumes modernos. No Egito Antigo, por exemplo, era comum as pessoas rasparem os cabelos ou cortá-los bem curtos para evitar piolhos.

Houve também um tempo em que se usava o banheiro como ponto de encontro. Eram espaços públicos, sem divisórias ou portinhas, onde homens e mulheres conversavam e debatiam os assuntos da cidade enquanto se banhavam sem pressa, despreocupados com sua nudez. No Império Romano, os banhos públicos tinham grandes piscinas coletivas e não serviam só para se limpar, mas para encontrar amigos, relaxar e se divertir.

Apesar da preocupação com a limpeza do corpo, os romanos não conheciam sabonete, muito menos xampu. Naquela época eles cobriam toda a sujeira do corpo com azeite e depois removiam a camada oleosa que se formava sobre a pele com um raspador de cobre ou bronze.

Os habitantes das cidades romanas também usavam as casas de banho para fazer suas necessidades. Naqueles espaços

Que  fedor!

coletivos não existiam divisórias e o vaso sanitário era, na verdade, uma grande pedra cheia de buracos um ao lado do outro para as pessoas se sentarem. Embaixo desses buracos passava uma tubulação aberta, como uma canaleta, por onde a água corrente carregava as fezes e a urina para o rio mais próximo. Depois de fazer suas necessidades, o cidadão romano se limpava com esponjas marinhas que eram lavadas em baldes e reutilizadas várias vezes.

Mesmo com o crescimento das cidades, durante muitos séculos o esgoto que saía das casas era despejado nas ruas e corria a céu aberto por canaletas sem tubulação ou tratamento. Isso fazia com que as cidades, além de malcheirosas, ficassem expostas a uma infinidade de bactérias e doenças. Só no século XIX é que as coisas começaram de fato a melhorar. Em Paris, por exemplo, o barão Hausmann foi responsável por um grande projeto urbanístico que alargou as ruas, construiu calçadas e criou uma rede de coleta de esgoto subterrânea que até hoje é utilizada na cidade.

Nessa mesma época, outra evolução importante para os cuidados com a higiene pessoal aconteceu: a invenção do papel higiênico. Apesar de existirem registros sobre o uso de um material parecido com o papel higiênico que conhecemos hoje na China do século II a.C., sabe-se que naquela época seu uso era restrito à corte imperial. O papel higiênico mesmo foi inventado muito tempo depois, em 1857, pelo americano Joseph Cayetty. Apesar de hoje ser um item indispensável à higiene pessoal, parece que, na época, Cayetty não conseguiu vender muitos rolos da sua grande invenção.

Quando eu era criança,

nós tínhamos um carro pequenininho que não subia ladeira. Ele até que era bem simpático. Devia ser branco quando o papai comprou, mas o tempo o deixou meio bege, quase amarelo. Até aí tudo bem, o problema é que para chegar à nossa casa o melhor caminho era justamente subindo uma ladeira enorme, e toda vez era a mesma polêmica no carro. Um dizia que o porta-malas estava vazio e que assim o carro chegaria lá em cima, outro sugeria pegar embalo na reta antes de chegar o morro pra ver se ele conseguia subir sem parar no meio do caminho. Mas de uma coisa ninguém tinha dúvida: se tivesse alguma mala ou compras de supermercado no bagageiro, nem adiantava tentar.

    Se por descuido ou algum outro motivo a gente insistisse em fazer aquele caminho, era um sufoco! Desde lá de baixo começava a maior torcida pra não fechar o farol que ficava no ponto mais alto do morro, porque quando ele fechava era uma tragédia: o carro tinha que parar no meio da ladeira, e dependendo do lugar onde estava não arrancava mais. Não subia mesmo! A mamãe precisava manobrar pra dar meia-volta enquanto o pessoal que vinha na outra direção reclamava e buzinava o tempo todo. Um vexame!

    Eu era criança e achava aquilo tudo uma grande aventura, e lá no fundo até me divertia quando o carro parava no meio do caminho. Mas minha mãe não achava a menor graça e ficava muito brava se alguém risse da situação.

    Um dia falei pro meu bisavô das nossas histórias com o

Chevette no caminho pra casa e ele me contou das aventuras que viveu numa época em que quase ninguém tinha carro. Disse que quando seus filhos eram crianças, não havia um só automóvel na cidade em que eles moravam e pra viajar tinham que ir de charrete! Na verdade, segundo ele, crianças e mulheres iam na charrete, enquanto ele acompanhava a viagem a cavalo.

Eles moravam em uma cidade muito pequena no interior de Santa Catarina, onde era difícil encontrar médicos, vacinas e remédios. Com seis crianças em casa, as viagens para a capital eram muito frequentes. Naquela época, que devia ser entre as décadas de 1930 e 1940, quem podia pagava uma passagem pra ir até a capital de ônibus, mas a estrada até Florianópolis era tão ruim e o ônibus chacoalhava tanto que muita gente acabava vomitando no caminho. E era tanta gente passando mal que o motorista nem deixava as pessoas escolherem onde iam sentar, porque logo na entrada já ia dando o aviso:

— Atenção, quem lança senta na janela!

O que ele estava pedindo era que as pessoas que costumavam passar mal na viagem se sentassem na janela, porque assim elas poderiam vomitar pra fora sem sujar o ônibus e o resto dos passageiros!

Mas o tempo passou e um dia a família acabou comprando um carro. Era um carro bem alto, preto, com um único banco grande na frente e outro atrás. Lá dentro, pais e filhos se acomodavam como podiam, sem ar-condicionado, direção hidráulica, cinto, cadeirinha especial para crianças e muito menos trava de segurança nas portas. Pra fazer o motor funcionar o motorista precisava girar bem rápido uma manivela de ferro que ficava na parte da frente do automóvel, e, se por algum motivo o carro morresse no meio do caminho, era preciso fazer a ginástica toda outra vez.

Minha avó, que na época era só uma criança, conta que as viagens pelas estradas esburacadas duravam muitas horas. Ela lembra que as seis crianças iam sentadinhas no carro,

sem tablet, TV ou rádio, recebendo nuvens de poeira da estrada durante todo o caminho. Só para dar uma ideia das condições do percurso, a rota entre Lages e Florianópolis, que hoje é feita em menos de cinco horas, demorava cinco dias naqueles tempos.

Até aí tudo bem, mas uma das crianças da família tinha alergia a leite de vaca, e como era um bebê, sua única alimentação era leite de cabra. Não havia geladeira em casa, por isso o leite precisava ser tomado fresco, logo após a ordenha. E, como durante os cinco dias do trajeto seria muito difícil comprar leite de cabra pelo caminho, a solução era levar o animal com eles na viagem.

Então, além das seis crianças espremidas no banco de trás, o casal levava também uma cabra amarrada ao lado do carro num degrauzinho chamado estribo, que normalmente era usado como apoio na hora de subir no automóvel. Assim, quando dava fome no bebê era só tirar o leite da cabra empoeirada e servir ainda morno. Coisa de antigamente. E nós aqui reclamando do trânsito!...

O CARRO ANTES DE ANTIGAMENTE

O primeiro meio de transporte utilizado no mundo foi o pé. Desde o tempo das cavernas o ser humano percorre longas distâncias caminhando. E, graças a sua capacidade criativa, ainda na Antiguidade desenvolveu artefatos para proteger seus pés enquanto viajava de um lugar pra outro. Hoje pode parecer uma bobagem, mas a invenção das sandálias e dos esquis foi um grande avanço tecnológico, permitindo ao homem que caminhasse com muito mais conforto.

O primeiro veículo de que se tem notícia é um trenó construído com o tronco de uma árvore que foi encontrado na Finlândia. Ele funcionava como uma prancha que deslizava na neve e possibilitava o deslocamento das pessoas e da sua bagagem.

Depois disso, lá por volta de 4000 a.C., o homem aprendeu a domesticar animais e passou a utilizá-los como meio de transporte também. Muitos anos se passaram até que em 3000 a.C., num lugar chamado Mesopotâmia (que hoje equivale a uma parte do território do Iraque), alguém inventou a roda. Daí pra frente o mundo nunca mais foi o mesmo.

Os animais domesticados que já eram utilizados para levar as pessoas e transportar cargas passaram a carregar ainda mais peso com a invenção dos carros puxados por bois ou cavalos. A facilidade e a rapidez de deslocamento estimularam a construção de estradas que ligavam as cidades. O comércio entre os povos foi se tornando cada vez mais frequente, e o aumento do trânsito das estradas, principalmente nos Impérios Romano e Persa, estimulou a criação de mapas que mostravam as rotas e caminhos entre as cidades.

Os romanos chegaram a construir milhares de quilômetros de estradas sem pavimentação, e todas elas estavam conectadas de alguma forma a uma avenida principal chamada Via Ápia. Ela ligava as cidades do Império à capital, Roma. Daí o ditado que diz que "todos os caminhos levam a Roma", porque, de fato, era isso que acontecia durante o Império Romano.

A quantidade de carroças e carros com tração animal chegou a ser tão grande que em 1898 foi feita uma grande conferência internacional em Nova York para buscar soluções para o grave problema do esterco equino nas ruas das grandes cidades. Naquela ocasião ninguém resolveu o dilema do excesso de cocô de cavalo e dos problemas gerados por ele, como o mau cheiro e a proliferação de bactérias. Mas, pouco tempo depois, o automóvel à combustão, patenteado em 1876 por Karl Benz, foi considerado mais limpo, mais barato de se manter e ecologicamente mais correto que os cavalos, por isso rapidamente substituiu os animais e ocupou as ruas de todo o mundo.

Hoje em dia, falar ao

telefone é muito comum. A gente fala em pé, sentado, andando... Fala de qualquer jeito, porque a gente fala muito. E fala com qualquer pessoa, porque a essa altura é raro encontrar um adulto que não tenha um número de telefone.

 Eu acho que toda essa falta de cerimônia com o pobre do telefone começou quando ele perdeu o fio. Quando eu era pequena (e isso nem faz tanto tempo assim), telefone tinha fio. Na verdade, tinha dois fios: um que ligava o aparelho à tomada da parede e outro que ligava o fone ao aparelho, onde ficava um disco com números organizados em ordem crescente com outro disco transparente cheio de furos por cima. Para ligar para alguém a gente encaixava o dedo indicador num desses buraquinhos do disco de cima e girava ele até o dedo bater na trava prateada do algarismo pretendido. Está aí a diferença entre discar o número de alguém e digitar num painel cheio de botõezinhos.

 Mas voltando ao telefone antigo, quanto maior o algarismo a ser discado, mais tempo demorava pra girar o tal do disco. Por isso, quando eu pedia o número de alguém, ficava secretamente torcendo para ele não ter muitos noves ou zeros. Já pensou quanto tempo eu ia perder girando aquele bendito disco transparente se o número fosse 999-999?

 Girar os números era realmente difícil pra quem tinha dedos pequenos e pouca força. Às vezes, quando o número nove estava quase chegando na trava prateada, o buraco escapava do dedo (ou era o dedo que escapava do buraco?) e

telefone com fios

Alô Alô Alô Oi Alô oi oi

o disco girava de volta pro lugar. O único consolo era que, em vez dos oito ou nove dígitos de hoje, os números de telefone naquele tempo tinham apenas seis.

Mas tudo isso aconteceu há pouco tempo, quando o telefone já fazia parte da vida das pessoas (apesar de custar o preço de um carro!). Difícil é imaginar que quando o meu bisavô comprou o primeiro aparelho, ele era do tamanho de uma mochila grande, feito de madeira, e pra ligar de uma casa pra outra bastavam dois dígitos. Já pensou que facilidade decorar os telefones de todos os amigos? Mariazinha, 34; João Pedro, 27; Luiza, 23...

Mesmo com tão poucos números, fazer uma ligação exigia certo ritual. Em todas as casas era comum ter uma mesinha só para o telefone. Ela tinha um banco ou cadeira próximos, um bloquinho de notas, uma caneta e a agenda de telefones escrita à mão, num caderninho com uma divisória pra cada letra do alfabeto.

O engraçado é pensar que cada família tinha seu próprio método de organizar os nomes nesse caderninho. Umas colocavam todos os médicos na letra m, outras distribuíam cada um na primeira letra do nome próprio... Era mais ou menos como se faz hoje nas agendas dos celulares, a diferença é que na agenda digital, se você colocar o nome ou qualquer informação da pessoa pra quem quer ligar, o aparelho faz a busca e encontra o que você está procurando. Com as agendas de papel não era bem assim. Parece bobagem, mas imagine se alguém precisasse achar o telefone de um dentista chamado Sérgio Torres, a quem todo mundo se refere como Dr. Torres. Numa agenda digital, bastaria buscar por "Sérgio" ou por "Torres" ou até por "dentista", e o nome da tal pessoa apareceria no visor. Numa agenda de papel, a pessoa teria que procurar por "dentista" na letra D ou "Sérgio" na letra S. Poderia também procurar seu nome no T, de "Torres". Mas só uma dessas alternativas teria o telefone do dentista, então a busca às vezes demorava um bocado. Já pensou passar por tudo isso com o dente latejando de dor?

O fato é que, com o tempo, o telefone foi perdendo seus fios e sua pompa, e hoje ele vai com a gente pra qualquer lugar, espremido no bolso da calça ou perdido nas profundezas escuras de uma bolsa gigante. É difícil até de imaginar, mas quando ter telefone em casa ainda era raridade, logo que foi inventado, ninguém precisava decorar o número de ninguém, nem precisava de agenda pra anotar os telefones uns dos outros. Nesse tempo, as pessoas tiravam o fone do gancho, giravam uma manivela e esperavam pela voz conhecida da telefonista que surgia do outro lado da linha.

Minha avó conta que na cidadezinha onde ela morava, todos os dias às sete horas da manhã o telefone tocava e d. Joaninha, a telefonista da cidade, dizia:

— Bom dia, a ligação está chegando bem?

Além de cuidar pra que a ligação sempre chegasse direitinho em todas as casas, a d. Joaninha se preocupava também com a vida das pessoas. Dizem meus avós que quando alguém nascia, morria ou ficava noivo, em poucos minutos a telefonista se encarregava de espalhar a notícia aos parentes e conhecidos. Na verdade, o trabalho das telefonistas era

NOME: Dr. Torres
PROFISSÃO: Dentista
TELEFONE: 999-999

apenas conectar as pessoas e logo em seguida parar de ouvir o que os outros estavam dizendo, mas às vezes a curiosidade era tanta que elas simplesmente não conseguiam resistir.

Certa vez, durante os preparativos para o casamento dos meus avós, eles se falaram por telefone pra combinar a viagem de lua de mel. Foi uma ligação demorada, cheia de detalhes sobre o roteiro, a festa de casamento e as famílias dos noivos. Ao fim da conversa os dois apaixonados mandaram beijos e se despediram. Mas quando meu avô desligou, a tal d. Joaninha, que também estava na linha, disse à noiva:

— Ei, ei. Não desligue ainda, minha querida. Que delícia saber que vocês vão pra Buenos Aires. Nossa, essa vai ser uma viagem linda! Queria até aproveitar pra fazer umas encomendas...

E seguiu listando os itens que minha avó deveria trazer pra ela da viagem de lua de mel. Dá pra acreditar? Além de ouvir toda a conversa, a telefonista nem disfarçou que tinha ficado na linha! E pensar que hoje a gente acha que a internet é que tira a nossa privacidade. Isso já era coisa de antigamente!

O TELEFONE ANTES DE ANTIGAMENTE

Na Pré-História, quando as pessoas precisavam se comunicar à distância, o jeito era soltar a voz e gritar bem alto. Quando isso não funcionava, a melhor maneira de mandar recados era fazendo sinais de fumaça.

No Império Romano, porém, surgiu a necessidade de uma comunicação rápida e precisa entre distâncias maiores. O território romano era gigantesco. Para conseguir controlar impostos e administrar as cidades, eles desenvolveram uma enorme rede de estradas por onde mensageiros a cavalo circulavam levando cartas e recados do imperador para todas as cidades do Império.

Quase 2 mil anos se passaram até que o telégrafo fosse inventado, possibilitando de fato a comunicação entre longas distâncias sem a necessidade de mensageiros viajantes. O sistema precisava de códigos para mandar mensagens, e o mais conhecido deles era o Código Morse, que usava sons longos e curtos, representados graficamente por traços e pontos, que simbolizavam as letras do alfabeto. Assim era possível transmitir palavras de uma cidade pra outra. O telégrafo foi o sistema de comunicação mais utilizado até que, em 1876, Graham Bell inventou o telefone, aparelho que rapidamente passou a fazer parte da vida das pessoas.

Até a década de 1990 não existiam telefones celulares e o telefone fixo era tão caro que chegava a ser vendido pelo preço de um automóvel. Quando enfim surgiram os aparelhos de telefonia móvel, que eram enormes e pesados, era preciso esperar meses numa fila até ser sorteado e conseguir o direito de comprar uma linha para o celular.

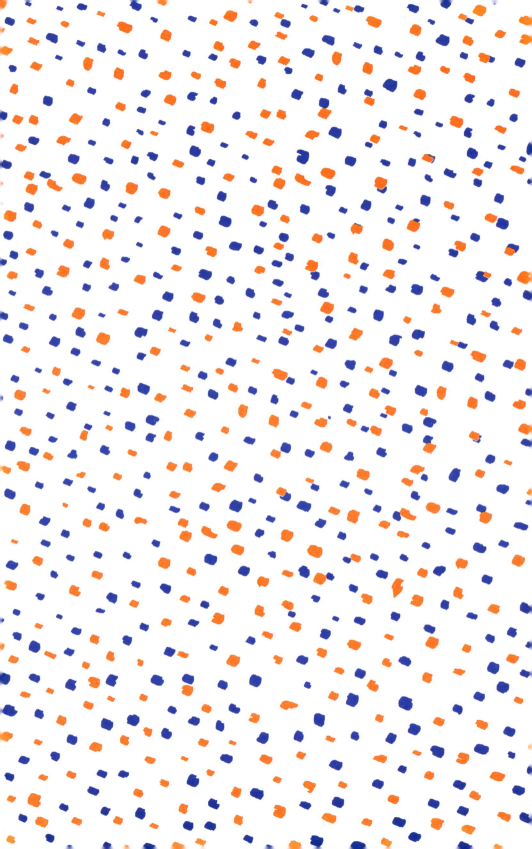

SHHHHHHHHHHHH
SHHHHHHHHHHH
SHHHHHHHHHHH
SHHHHHHHHHHHH
SHHHHHH
SHHHHHHHHH
SHHHHHHHHHHH
SHHHHHHHHH
SHHHHHHHHHH
SHHHHHHHHHHHH
SHHHHHHHHHHHHH
SHHHHHHHHHHH
SHHHHHHHHHHH
SHHHHHHHH
SHHHHHHHHHH

Já faz um bom tempo

que escolher um programa de TV é uma tarefa muito simples: basta apertar um botão ou digitar o número do canal desejado no controle remoto e assistir ao que a gente deseja. Além disso, o número de canais disponíveis é enorme, ainda mais se o equipamento tiver acesso à TV a cabo. Aí, então, centenas de programas estarão disponíveis a apenas um clique de distância! Tem canal pra adulto e pra criança, canal de esportes, de desenho animado, de filmes, de notícias e do que mais a gente puder imaginar. E tudo isso a qualquer hora do dia ou da noite, sem interrupções.

Mas nem sempre foi assim. Até pouco tempo, a TV no Brasil não tinha nem meia dúzia de canais disponíveis. À noite, a programação era interrompida e tudo que aparecia era um monte de faixas coloridas, um apito muito chato e o aviso de que a programação normal retornaria depois das cinco ou seis horas da manhã.

Naquela época, pra assistir a um programa infantil a gente precisava ficar de olho no relógio e não perder os poucos desenhos animados que ficavam quase escondidos no meio da programação dos adultos. Não existia TV paga nem canal infantil, muito menos DVD. Pra ser sincera, a gente não tinha nem videocassete, que pelas minhas contas deve ser o bisavô dos filmes baixados da internet. Pra dar uma ideia do impacto que isso tinha na minha vida, é só pensar que se eu perdesse um episódio do *Sítio do Pica-Pau Amarelo* a única maneira de conseguir assisti-lo era viajando.

Eu explico. No começo dos anos 1980, os programas eram todos gravados e tinham que ser transportados em rolos ou fitas para as cidades onde seriam transmitidos, o que podia levar até dois dias. Isso quer dizer que o episódio do *Sítio* ou da novela que passava em São Paulo ou no Rio de Janeiro na segunda-feira só iria ao ar na terça ou quarta-feira na maioria das outras cidades do país. Por isso, quando eu viajava para a casa dos meus avós, em Santa Catarina, adorava me exibir para os primos de lá contando em primeira mão as peripécias de Narizinho e sua turma que iriam ao ar nos episódios seguintes.

Infelizmente, mesmo com tão poucas opções, decidir o canal da TV era uma das principais brigas na minha casa. Meu irmão mais velho sempre gostou de assistir a programas esportivos. E pra ele vale tudo: replay de jogo antigo, comentário de campeonato que já acabou, anúncio de chuteira... Coisas que são interessantes pra ele, mas pra mim sempre beiraram o insuportável. O fato é que toda vez que a gente ia assistir à TV acabava saindo briga, e os dois ficavam o tempo todo mudando o canal. E se isso já parece chato hoje, que se pode fazer tudo pelo controle remoto, sem sair do sofá, imagine como era irritante ficar levantando a cada instante pra girar o botão seletor da TV e escolher um programa num dos cinco canais disponíveis!

Num desses dias de briga, depois de muita disputa pela programação, minha mãe foi até a sala e disse num tom bem sério:

— Hoje eu vou sair e a televisão é da Patricia. Ela pode escolher o programa que quiser!

Escolher o programa era só um modo de dizer, porque com tão poucas opções a gente acabava assistindo ao que estava passando e pronto. Mesmo assim fui até a TV e, pra minha sorte, quando girei o botão seletor descobri que estava passando um episódio novo de *Sítio do Pica-Pau Amarelo*. Então me acomodei no sofá e comecei a aproveitar meu programa favorito. A alegria durou pouco, porque assim que a mamãe saiu, meu irmão, inconformado, parou de pé em frente à televisão e não quis sair mais de lá. Pedi, implorei, ameacei contar pra mamãe e, quando eu já estava quase gritando pra ele sair da frente e me deixar assistir à TV, ele disse com uma voz calculadamente suave e tranquila:

— Mas eu não estou fazendo nada de errado. A mamãe pediu pra eu não mudar o canal e eu não estou mudando. Na verdade, nem estou com vontade de ver televisão.

— Então sai da freeente! — gritei transtornada.

O resultado foi que ele me irritou tanto e ficou tanto tempo parado em pé na frente da TV que o programa acabou e eu saí da sala batendo os pés emburradíssima. Quando finalmente minha mãe voltou pra casa, contei pra ela o que tinha acontecido e disse que a gente precisava comprar outra televisão, porque eu não aguentava mais ter que dividir aquela com o meu irmão. É claro que ela não achou uma grande ideia e ainda disse uma daquelas coisas que mãe sempre diz: que conversando a gente iria se entender, que não era tão grave assim etc. E pela cara dela eu percebi que não ia ter jeito. Eu estava fadada a ter que assistir a muito mais programas de futebol do que eu gostaria. Mas apesar da nossa conversa não ter solucionado meu problema, acabei ouvindo uma história muito melhor que o programa que eu perdi.

Pra tentar aliviar minha raiva, minha mãe contou que quando a primeira televisão chegou na casa dela a maioria das pessoas nunca tinham visto uma. Imagina só a surpresa de alguém que está acostumado a ouvir histórias no rádio, sem imagem nenhuma, ao dar de cara com todos os personagens das suas radionovelas dentro de uma caixa de madeira. Muitos não entendiam direito como aquilo funcionava e

ficavam procurando os atores dentro do aparelho, como se eles fossem miniaturas de gente e morassem dentro da televisão.

    O fato é que, por causa de toda essa surpresa e da euforia que ela causava nas pessoas, a escola inteira queria ver o tal aparelho funcionando, e minha mãe e seus três irmãos sabiam disso. Um belo dia, quando meus avós chegaram em casa, encontraram uma fila enorme no portão. Sem entender o que estava acontecendo, foram até a porta da casa o mais rápido que puderam e seguiram desviando das pessoas na fila até conseguir chegar à sala onde a televisão estava instalada. Lá encontraram minha mãe e os irmãos vendendo ingressos improvisados para alunos da escola que tinham ido até lá dispostos a gastar sua mesada inteira para assistir a um simples programa na TV da família. Coisa de antigamente!

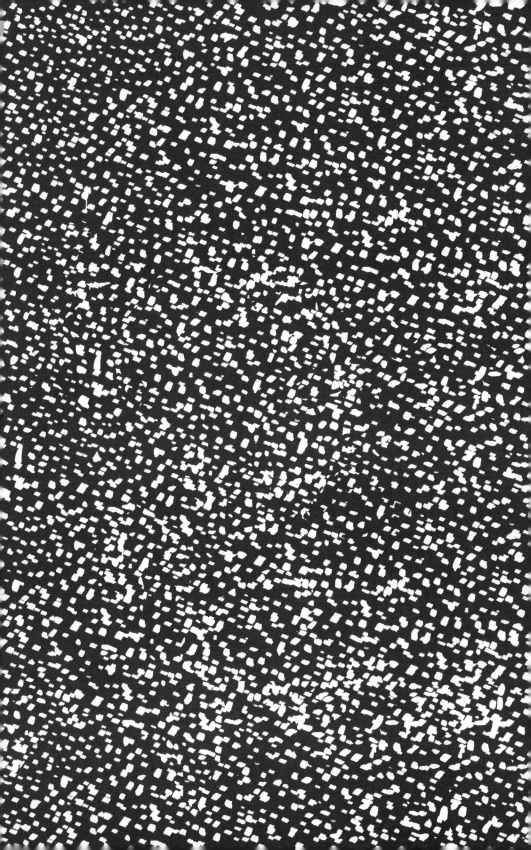

A TELEVISÃO ANTES DE ANTIGAMENTE

Assistir à transmissão de um evento esportivo hoje em dia é uma maravilha. A imagem é nítida, em tempo real e, se existe alguma dúvida na hora do gol, é só dar um replay no lance pra esclarecer o impasse.

Mas nem sempre foi assim. Nas duas primeiras Copas do Mundo, os jogos de futebol só eram transmitidos para o Brasil através do telégrafo. Isso significa que as informações sobre o jogo chegavam a cada quinze minutos, por escrito e em código. Depois disso, em 1938, o rádio permitiu que o Brasil inteiro ouvisse a transmissão dos jogos ao vivo, mas com um atraso de cerca de um minuto, que era o tempo que levava entre o narrador descrever os lances na França, país sede daquela Copa, e o som chegar aos aparelhos de rádio no Brasil.

A essa altura, o rádio já fazia parte da rotina das famílias brasileiras, que se reuniam em volta do aparelho pra ouvir músicas, notícias, eventos esportivos e radionovelas.

Só em 1950 a primeira emissora de televisão do país foi ao ar. A TV Tupi foi fundada pelo empresário Assis Chateaubriand, que trouxe dos Estados Unidos duzentos televisores e distribuiu-os na cidade de São Paulo.

O sucesso foi tão grande que em apenas seis anos o número de televisores no país chegava a 1,5 milhão. Naquela época, tudo o que ia ao ar tinha que ser feito ao vivo, porque ainda não existia tecnologia pra gravar a programação.

O primeiro jogo de futebol transmitido ao vivo pela TV brasileira foi uma partida entre Santos e Palmeiras na Vila Belmiro em 1955, que terminou em 3 × 1 para o time da casa. Apesar

de a transmissão ao vivo ter sido um avanço tecnológico importante para os fãs do esporte, naquela época a imagem era em preto e branco e de baixa qualidade. Os torcedores sofriam muito para acompanhar as jogadas dos seus ídolos.

Em 1958, na final da primeira Copa do Mundo conquistada pelo Brasil com uma vitória sobre a Suécia, a seleção canarinho entrou em campo vestindo a camisa azul a pedido dos responsáveis pela transmissão de TV, que acreditavam que assim seria mais fácil identificar nosso time em campo, já que a camisa oficial do adversário também era amarela. A partida foi transmitida ao vivo para os países europeus, mas aqui no Brasil quem assistiu ao jogo viu a vitória no cinema, com muitos dias de atraso, porque a partida sequer foi transmitida para as nossas televisões. O que serve de consolo pra quem sonhava em ver aquele jogo ao vivo é que na transmissão em preto e branco as camisas amarela e azul se tornaram igualmente cinzas, então nem os grandes fãs do esporte conseguiram identificar os jogadores em campo.

Posfácio

Essas são algumas das lembranças que eu guardo comigo. Tentei contar as coisas bem do jeitinho que elas aconteceram, mas mesmo assim alguns detalhes ficaram de fora. Faltou dizer, por exemplo, que as melhores histórias eram acompanhadas pelo bolo de laranja cascudo que minha avó servia quentinho, e que boa parte do sabor do bolo vinha da alegria das nossas reuniões familiares que sempre acabavam numa confusão danada, cheia de crianças brincando (eu, inclusive!), homens assistindo ao futebol e mulheres rindo alto ao redor da mesa. Faltou dizer também que ouvi a poesia das histórias do vô Celso durante as longas tardes que passei trepada nas árvores do seu quintal e que era uma delícia quando ele me chamava lá do terraço pra conversar um pouquinho. Também não disse que entrar no casarão onde ele morava era como viajar no tempo. Era um lugar solene, com pé-direito altíssimo e salas que tinham sofás de veludo e pinturas ou diplomas nas paredes. Ouvíamos o rangido das tábuas de madeira do chão enquanto andávamos até a poltrona em que ele gostava de sentar. Aquele era um verdadeiro convite a uma viagem no tempo.

Por fim, faltou dizer que, assim como a minha família, todas as outras também têm histórias. Os seus pais e avós também já fizeram muita coisa na vida. E pra descobrir tudo isso a gente precisa estar junto, precisa ouvir e se deixar levar pra esse mundo distante onde vivem as lembranças. Então fica aqui um convite pra que você descubra a delícia que é saber sobre a vida das pessoas a sua volta. Histórias de antigamente são o melhor caminho pra conhecer de verdade as personagens reais que a gente ama.

Sobre a autora e ilustradora

Eu nasci em São Paulo em 1978. Sou arquiteta e pedagoga, e quando era pequena gostava de ficar quietinha só ouvindo a conversa dos adultos. Muita coisa eu nem entendia direito, mas foi assim que aprendi a gostar das histórias sobre a infância das pessoas da família. Hoje a adulta sou eu e, além de dar aulas, escrevo e ilustro as histórias que me vêm à cabeça. Algumas, como estas que estão no livro, nascem dos causos que eu ouvi alguém contar; outras surgem por acaso, quando alguém aqui em casa faz uma coisa engraçada, por exemplo. É o caso da *Pequena Grande Tina*, que também foi publicada pela Companhia das Letrinhas e nasceu enquanto eu assistia às peripécias dos meus pequenos grandes filhos.

A marca FSC® é a garantia de que a madeira utilizada na fabricação do papel deste livro provém de florestas que foram gerenciadas de maneira ambientalmente correta, socialmente justa e economicamente viável, além de outras fontes de origem controlada.

Esta obra foi composta em ITC Mendoza e impressa em ofsete pela Lis Gráfica sobre papel Alta Alvura da Suzano S.A. para a Editora Schwarcz em abril de 2025.